SOPA DE LLIBRES

FSC
El paper utilitzat en aquesta edició compleix els requisits mediambientals FSC, que garanteixen un circuit sostenible en tota la cadena de producció.

Mallorca, 45, 4a planta.
08029 Barcelona
Telèfon 932 172 054. Fax 932 373 469
barcanova@barcanova.cat
www.barcanovainfantilijuvenil.cat

Disseny: Manuel Estrada

Quarta edició: maig de 2011
Tercera impressió: octubre de 2014

ISBN: 978-84-489-1963-4
DL B. 14184-2011

Printed in Spain

La Cira

SOPA DE LLIBRES

Josep Gòrriz

La Cira

BARCANOVA EDITORIAL

Il·lustracions
de Montse Español

A l'Eduard González
i a la resta de companys
de l'Aula de Lletres,
grans amics de la Cira

Índex

La Cira i les bledes

La Cira no pot veure les bledes ni en pintura.

Si almenys hi hagués més patates!

Busca, busca... i al fons del plat hi ha una patata grossa.

—No penso tastar les bledes! —crida, desanimada.

L'avi és a la tauleta rodona i no treu els ulls de la sopa de lletres.

—Aquesta nena em fa acabar els torrons —diu la mare.

La Cira es mira el plat: sembla una piscina verda.

Es tapa el nas, fa una cullerada, una altra... i el plat sempre és ple.

—Ja estic! —diu—; no puc més.

La mare posa el crit al cel:

—Si encara no has començat!

La Cira, molt enfadada, dóna un cop a la cadira i enretira el plat amb les mans.

—He dit que no, i no tastaré cap bleda.

L'avi deixa estar la revista i s'asseu a la taula, al costat de la Cira.

—No penso obrir la boca —diu ella amb els braços plegats i una trena torta.

—Ben fet! —l'avi pica de mans.

La Cira no s'explica l'alegria de l'avi:

—Però si a tu les bledes t'agraden molt!

—Ara sí —diu l'avi—, però quan era petit... Ui quan era petit!

La Cira fa uns ulls com unes taronges.

—El meu primer plat de bledes en feia dos com el teu —l'avi obre les mans com si portés una sopera—. Era verd com la selva, amb tanta malesa que no es podia passar..., però hi havia un tresor!

—Un tresor? —la Cira escolta embadalida.

L'avi aixeca els braços com si fossin branques estirades pel vent.

—Hi havia un tigre enorme
—diu, i es dóna un cop al pit—;
i què!, jo volia el tresor:
vaig esmolar el ganivet
i vaig entrar selva endins.

—Que valent!

L'avi sua a raig fet; sembla
un explorador.

—No et pensis que tallar lianes és bufar i fer ampolles.

—No tenies por que el tigre sortís de l'amagatall i...

—I tant que en tenia! —l'avi tremola—. No m'ho recordis.

El tigre rugia tan fort
que van marxar tots els animals
de la selva; jo no em vaig rendir
i, amb paciència, vaig fer camí,
camí del tresor.

—Què se'n va fer del tigre?

R R R

L'avi arrenca a riure.
—El tigre? Era un cagueta;
quan va veure que quedaven
pocs arbustos, va tocar el dos.
—I el tresor?
L'avi arruga el front
i es desinfla com un globus:
—Algú se'l devia emportar...

L'avi s'aixeca i se'n va
a la tauleta rodona;
deixa estar la sopa de lletres
i agafa un llibre de por.
«Pobre!», pensa la Cira,
«es deixa la pell a la selva
i es queda sense tresor!»

La Cira mira el seu plat de bledes i òndia, és una selva!

Hi ha plantes molt altes i molts, molts animals: lleons, goril·les, serps verinoses...

Un tigre vell i tranquil li llepa el nas i li diu per on ha de passar, i ella va fent camí amb el ganivet, com l'avi.

En un tres i no res
arrenca les herbotes
i la selva sembla un jardí.
Vejam si ella té més sort
que l'avi i...
—El tresor! —crida
amb ulls lluents.
L'avi s'aixeca i corre
com un tigràs.

El tresor és una mena de pedra plana que brilla.

—Què és? —pregunta la Cira—. És blanc com... una patata.

—Què dius, una patata? —l'avi s'emociona—. És una llaminadura màgica: fa que tot tingui bon gust. Menja-te-la i t'encantaran les bledes.

Parlant de bledes,
la Cira mira el plat i no n’hi ha.
—On són les meves bledes?
—pregunta, sorpresa.
—On vols que siguin?
—diu l’avi, amb els braços oberts—.
T’agraden tant que ja
te les has menjades.

Quan la mare veu el plat buit, no s'ho pot creure.

—Estic tan contenta que t'hagis acabat les bledes que demà triaràs tu el dinar. Què vols que faci?

La Cira pica l'ullet a l'avi i contesta, tan panxa:

—Una altra selva!

LA CIRA I EL LLEÓ

La Cira no pot dormir.
Li han de posar la vacuna
i no li fa gràcia.
—Vine a la falda —li diu
la mare—. Per què no tanques
els ulls i penses coses boniques?
—Si els tanco, veig una xeringa
així! —diu; la mare l'acarona:
—Què et sembla si demà,
tu, jo i l'avi anem al circ?

Al circ la Cira s'ho passa pipa.

—Quan sigui gran —diu—, vull ser acròbata i fer salts mortals... Vull ser maga i treure conills del barret... Vull ser pallassa i que els nens es pixin de riure...

No! Seré domadora d'animals molt, molt perillosos.

La Cira ja ho ha decidit:
—No vull que em posin la vacuna
—diu amb els braços plegats
i una trena torta.
La mare li posa bé la trena
i li fa un petó.

—Si ets valenta, et faré un regal.
Què t'agradaria?

La Cira no és ximpleta
i sap que, digui el que digui,
li posaran la vacuna.
Com que no hi pot fer res,
rumia... i salta:
—Ja sé què vull!
—Què? —la mare sembla
amoïnada.
—Un lleó! Un lleó com els del circ.

—T'has begut l'enteniment, nena —contesta la mare—. Si volguessis un hàmster, peixets, una tortugueta...

—Jo vull un lleó!

—No diguis bajanades. Si vols un lleó, el pintes en un full.

—Doncs no em posareu la vacuna.

L'avi veu la Cira tota preocupada i deixa el llibre de por a la tauleta.

—A tu te'n passa alguna —li diu.

—Vull un lleó i la mare no em deixa! —crida la Cira.

L'avi es posa la mà a la barbeta.

—És curiós —diu—, jo també volia un lleó, i me'l van comprar!

La Cira no s'imagina l'avi amb un lleó voltant per casa.

—Tu tenies un lleó? —li pregunta.

—I tant! Més que un lleó, era un amic, el meu millor amic; el Rugi i jo anàvem junts a tot arreu. Sort en vaig tenir, d'ell!

—Ah, sí?

—Un dia buscàvem bolets
i en vaig trobar tants
que em vaig perdre.
Quan me'n vaig adonar,
era negra nit i em vaig espantar.
«Tu tranquil», va dir el Rugi;
va ensumar el camí i vam tornar
tan contents.

Quan arribava de col·le carregat de deures no sabia com posar-m'hi.

«Treu llapis i goma, i obre la llibreta», deia el Rugi.

Jo obria la llibreta i no sé què passava: pim, pam, pum, llestos!, acabava de seguida.

Una nit, quan dormia,
vaig sentir cops
i em vaig tapar el cap.
Els sorolls s'acostaven...
Nyeec, va fer el pany
de l'habitació.

Algú va obrir la porta i...
GGRRRRRRRRRR!,
va rugir el Rugi, i adéu lladres!

GGRRRRR

Però hi ha un dia
que no oblidaré mai:
el dia de la vacuna!

La Cira fa un bot de tres pams:

—Quin mal, la vacuna!
No tenies por?

Els ulls de l'avi són negres
com un forat molt fondo.

—Si tenia por? —diu—.
Em cagava a les calces!

El metge va agafar
la vacuna més grossa
i la xeringa més esmolada.

Però el Rugi no em va deixar:

«Tu dóna'm la mà», deia,
«i no sentiràs res».

—I no vas notar la punxada?

—I ara! Volia una altra injecció.

Avui és el gran dia.

La Cira no té ganes de treure's les sabatilles i espera la mare, quieta com la tele i encongida com un pardalet.

Ara voldria ser l'avi i tenir un lleó molt a prop.

Un lleó com el Rugi.

La mare porta l'abric i la bossa de mà, però s'ha deixat els diners. Va amb el temps just, com sempre, sembla una moto.

—Au, Cira, no t'encantis! —li diu—. Treu-te les sabatilles i posa't les sabates. T'espero a baix, al pàrquing.

L'avi arrossega un bagul; mira la Cira i somriu:

—¿No vols saber què se'n va fer, del Rugi?

—Encara el tens? —Els ulls de la Cira semblen gotes de llum.

—Oi tant! Per què et penses que sóc tan valent?

L'avi posa la mà al bagul, mira, busca, rebusca... i tatxín-tatxín: el Rugi!

La Cira l'agafa com si es coneguessin de tota la vida.

—Ja ho saps —li diu l'avi—, dóna-li la mà i no et preocupis per la vacuna: el Rugi en voldrà una altra!

La Cira i el fantasma

La Cira volia unes ulleres de sol i li han comprat una pizza.

Però ella no està per pizzes.

Té una dent a punt de caure i no s'atreveix a clavar-hi queixalada.

—Bona nit! —diu amb més gana que son.

Un nyec-nyec a l'armari
la desperta a mitja nit;
es toca la dent i sent
que s'aguanta per un fil filet;
es tapa de cap i creeec...
què hi deu haver a la tauleta?
Esmola bé l'orella i sent
una veu misteriosa:
—La deeent! La deeeent!
—sembla que digui.

—Mama, un fantasma!
—crida.

Però la mare està cansada
i no sent res.

—Avi, un fantasma! —crida.

L'avi és una mica sord i dorm
com un tronc.

TUUUUUU

La Cira surt del llit
arrossegant-se com una serp.
Toca el cistell de les joguines,
l'obre, palpa els bombers,
l'ambulància, la metgessa...
i la trompeta de la fira!
—TUUUUUUUUUUUUUT!
—bufa tant com pot.

La mare arriba fent esses
i amb els ulls mig tancats.
—Què passa, filla? —pregunta.
—Hi ha un fantasma
que no em deixa dormir.
—Un fantasssss...?
—la mare fa un badall molt llarg
i s'estira damunt del llit—.
Au, Cira, dormim.

La mare té tanta son que fa un altre badall i en un tres i no res dorm com una marmota.

La Cira sent sorolls i sorollets que vénen de tot arreu:
nyiu!, zas!, crec!, zum!, fiu!, uuuuuh...!

S'embolica amb els llençols i es tapa les orelles.

L’endemà, la Cira és la reina dels badalls.

—Que no has dormit, aquesta nit? —li diu l’avi.

—No! Era espantós! No has sentit els sorolls, tu?

—Quins sorolls? —l’avi fa memòria i no recorda res.

La Cira plora desconsoladament.

—A la meva habitació hi ha un fantasma.

L'avi l'abraça i espera
que es recuperi.

—No t'amoïnis pel fantasma
—li diu—. Deu ser el Fanti.

La Cira no s'acaba de creure
que l'avi conegui un fantasma
tan horripilant:

—Com ho saps?

—Abans que tu naixessis,
jo dormia a la teva habitació.

L'avi s'asseu la Cira a la falda i somriu com si el fantasma i ell fossin vells amics.

—El Fanti feia sorolls estrambòtics —explica— i no em deixava dormir.

Ja podia cridar, jo, que ningú no em sentia.

—A mi em passa el mateix! —diu la Cira, meravellada.

LES BEATL
"HELP!"
uuuuch...!

—Un dia vaig agafar trenta fulls i quatre retoladors brillants, i vaig escriure en cada paper:

«Fantasma: si ets valent, digues què vols!»

Abans d'anar a dormir, vaig enganxar els fulls a les parets, a l'armari i a la finestra, que era ben tancada.

A les dotze va sonar el rellotge del menjador: nang, nang, nang...

Sona l'última campanada
i un vent fortíssim arrenca
tots els papers.

Les lletres es desenganxen
i fan quatre muntanyes
de colors fosforescents:
groc, verd, blau i vermell.

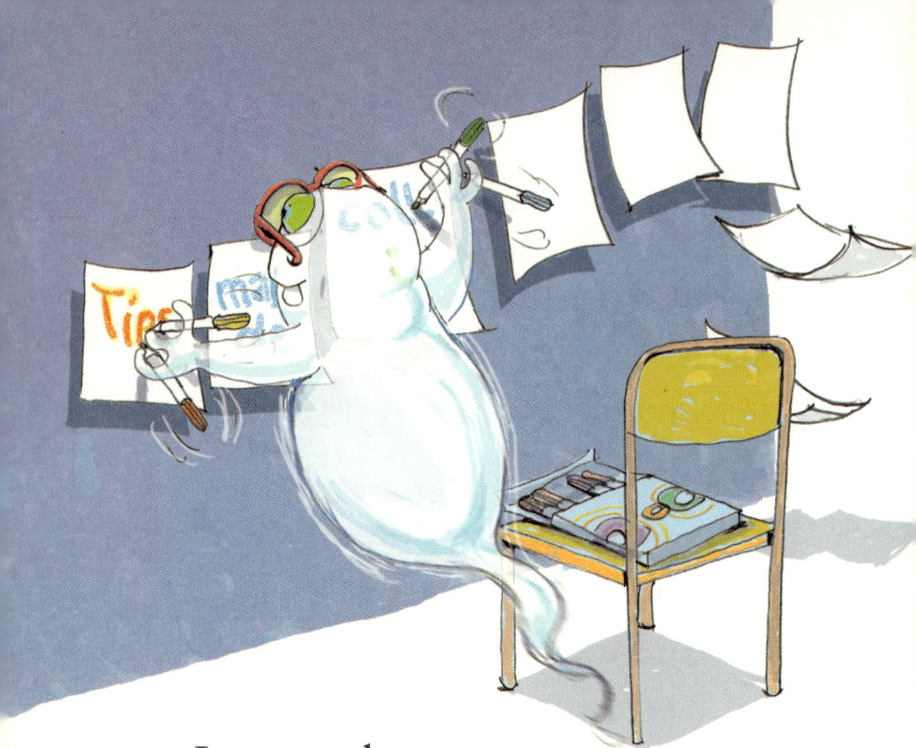

Jo tremolava
com unes castanyoles.
Els papers es posen
l'un al costat de l'altre
i els colors escriuen tots sols:
«Tinc mal de coll i voldria
un suquet de llimona amb mel;
posa-hi una canya i no tinguis por:
em dic Fanti i sóc aquí perquè
somiïs coses boniques».

—No sabia que els fantasmes beguessin amb canya —comenta la Cira.

—Després de prendre's la llimona —diu l'avi—, el Fanti feia nyecs inofensius, ideals per dormir. Amb els anys em va treure molts maldecaps, fins que un dia se'n va anar de vacances. Ja deu haver tornat i segur que té mal de coll.

Abans d'anar a dormir, l'avi i la Cira escalfen un got d'aigua i hi posen suc de llimona i mel.

La mare fa un petó ben dolç a la Cira i li diu:

—Quan acabi la feina, vindré a dormir amb tu.

Però ella somriu:

—No cal, mare, ja tinc companyia.

Ara la Cira sent xup-xups molt suaus.

Deu ser el fantasma, pensa, que xarrupa la llimona.

Després el Fanti s'asseurà a la cadira i vigilarà que no passi res.

Aaaaaaah! Quin badall!

La Cira està rendida i dorm com un liró.

Fa un sol tan fort que entra
pertot arreu.

La Cira es desperta
a poc a poc i estira els braços.

Sort que és dissabte
i no ha d'anar a col·le!

Es nota la boca rara,
se la toca i...
li ha caigut la dent!

Mira que si el fantasma
era el ratolinet Pérez!

La Cira aixeca el coixí,
veu un paquet, l'obre·i...

—Les ulleres de sol!

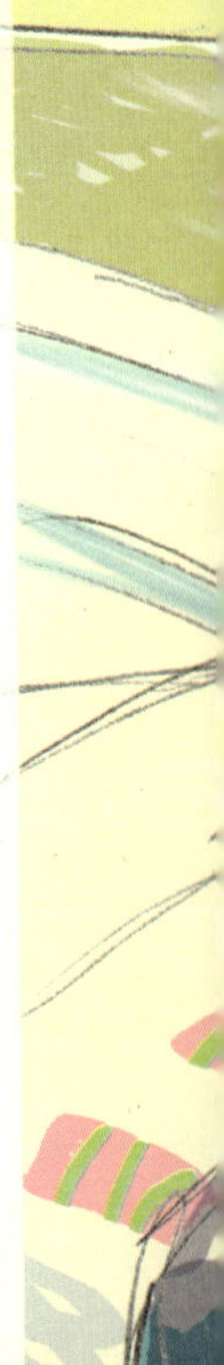

LA CIRA FA EL SOPAR

La Cira està avorrida.
—Fem un puzle? —diu a l'avi.
—Avui no pot ser. Estic molt ocupat.
—Tu? Si sempre tens ganes de jugar!

Aquest cop l'avi
76 sembla molt preocupat:
—¿No has vist quines ulleres
que fa, la mare?
—Què els passa, a les ulleres
de la mare? —pregunta la Cira.
—Vull dir que no ha dormit
en tota la nit; ha d'acabar
una feina urgent
i es veu que no li surt.
Ara trauré el cotxe
i aniré a la tintoreria.
Tu sigues bona
i no distreguis la mare.

La Cira s'acosta de puntetes
al despatx de la mare,
que dibuixa un drac vermell.

La Cira vol que acabi
els dibuixos i li expliqui el conte
del drac.

La mare n'hi explica ben pocs,
de contes.

Treballa massa.

La Cira té ganes d'ajudar la mare.
Mira el terra del menjador
i hi ha papers, plàstics, gomets...
Hi passa l'escombra de jugar,
però és ple de coses enganxades:
gotes de iogurt, taques
de tomàquet...

La Cira s'arromanga
ben arromangada.
Busca la galleda de jugar
i l'omple d'aigua calenta;
agafa el pal de fregar
i frega que fregaràs...
Ara queda la catifa, apa!,
hi ha un pegot de plastilina.

Va cap a la cuina,
agafa un ganivet i s'entreté
rascant la plastilina.
—Si que tallen poc,
aquests ganivets! —protesta,
però no es rendeix;
no para fins que arrenca el pegot
i un trosset de catifa.

—Ara faré el sopar —diu, molt animada.

Obre la nevera i mira què hi ha.

«Què puc fer?», pensa, «quin deu ser el plat preferit de la mare?

Què demana quan anem al restaurant? Ah, sí!», somriu, «un plat combinat!»

La Cira tria
els millors ingredients
per al seu plat combinat:
un tall de pernil, dos espàrrecs,
tres ous, quatre salsitxes,
cinc xocolatines, sis gambes,
sis maduixots...
Ho renta i ho posa
molt ben posat en tres plats
de ceràmica.
Sort que sap encendre el forn!

L'avi arriba carregat com una mula. Entra al lavabo i omple la banyera.

—Avi, tinc una sorpresa! —crida la Cira.

L'avi posa el peu esquerre al menjador i... zummm!, com patina!, sembla el rei de la pista.

—Ciraaaaa...

L'avi va de pet a la columna i s'hi abraça com un nen petit.

—Què et sembla el menjador? —pregunta la Cira—. L'he fregat jo sola!

L'avi s'aferra a la columna.

—Saps què? —diu, mig marejat—, porta'm les sabatilles.

L’avi s’asseu en una cadira i respira fondo.

—Què és allò? —assenyala l’esvoranc de la catifa.

—Hi havia plastilina —diu ella— i l’he arrencada amb un ganivet.

—I aquesta olor de cremat? No em diguis que...

—Sí, avi —la Cira riu—, he fet el sopar!

L'avi vola cap a la cuina, apaga el forn, l'obre i... CATA... CRAC!, els tres plats es trenquen.

—Amb això no hi comptava —la Cira s'agafa la barbeta.

—Jo tampoc —diu l'avi—. Vés a la banyera!

La Cira s'estira plana damunt la banyera i nota que està molt cansada.

No té ànims d'agafar els aneguets i que facin una passejada.

La Cira hi està tan bé, a l'aigua, que una mica més i s'adorm.

L'avi l'acaba d'ensabonar
i l'esbandeix amb aigua tebiona.

Ella es posa el pijama nou
i sent que fa olor de mama i,
alhora, olor d'avi.

—Ara a sopar —diu l'avi—.
Ens l'hem ben guanyat!

La mare es treu les ulleres
i entra al menjador.
—Quin terra més brillant!
—A mi no em miris —diu l'avi—,
això és cosa de la teva filla.
—Has vist la catifa, que neta?
—continua la Cira.
La mare, sense ulleres,
no hi veu cap esvoranc.
—He treballat molt!
—diu la Cira, estarrufada.

L'avi ha parat la taula
amb unes tovalles brillants,
blanques com la neu.

També hi ha posat l'espelma
que va fer la Cira a la classe
de tallers.

—Es pot saber què celebrem?
—pregunta la mare.

—Doncs que avui la Cira
ha fet el sopar —diu l'avi,
i porta els tres plats combinats.

Han escrit i han dibuixat...

Josep Gòrriz

Mentre em prenia un colacao al bar de la cantonada, se'm va acostar una nena que duia una trena torta, em va mirar fixament i em va preguntar:

—Tu ets l'escriptor Josep Gòrriz?

No és normal que la gent em faci aquesta pregunta; em vaig quedar parat, no vaig saber què dir-li, i no li vaig dir res.

—Ho ets o no? —tornà a preguntar ella.

—Sí; i tu, qui ets?

—La Cira —em va dir; encara no havia mogut les parpelles.

Jo em vaig posar seriós, em vaig escurar la gola i li vaig parlar del senyor escriptor que tenia al davant:

—Has de saber que vaig néixer a Sabadell i que visc a Terrassa, que treballo en un institut i a l'Aula de Lletres, que he publicat seixanta obres i...

—Tu has escrit *Pinyons de maduixa*? —preguntà.

—I molts altres llibres —li vaig contestar—, i m'han donat premis, ha, ha! ¿Saps que he escrit un llibre que es diu...?

Però la Cira no ho va voler saber; li interessen altres coses:

—Quines són les teves aficions? —em va preguntar, i les paraules em van sortir soles:

—M'agrada tancar-me a la cuina i fer macarrons. Mentre cuino, penso històries de bruixes, fantasmes, ogres... M'agradaria viatjar a la selva tropical i trobar-hi un tresor!

Em va semblar que la Cira volia demanar-me alguna cosa; no sabia què era, però, fos el que fos, pensava dir-li que sí. I em va dir:

—T'agradaria escriure les meves aventures?

—Oi tant! —vaig treure el bloc i el boli que duc a la cartera—. Me les expliques?

Ella es va asseure davant meu i es va posar a xerrar, i jo vaig anar prenent nota amb la boca oberta. I és que, renoi, quines aventures!

Montse Español

Vaig néixer a la Val d'Aran l'any 1967, però, des que em dedico a la professió d'il·lustradora, visc amb un peu a la ciutat i l'altre a la muntanya.

Em considero molt afortunada, perquè amb un llapis (o un pinzell, o una ploma, o un retolador) a la mà sóc capaç d'explicar tota mena d'històries i de dibuixar qualsevol situació o personatge. I tot gràcies al traç, al color, a una bona dosi d'imaginació i al que vaig aprendre a les escoles d'Arts Aplicades de Tàrrega i Barcelona.

He fet tota mena d'il·lustracions, des d'unes de molt grans per a escenografies fins a unes altres de molt petites per a llibres de text i de lectura, com aquest que teniu a les mans.

M'agrada molt dibuixar, i dedico bona part del meu temps a aquesta activitat. També m'agrada viatjar i escoltar històries boniques.